Réponse

à M. VIOLLE, Avocat.

C'est le bon sens du public que M. Violle a pris pour juge dans la polémique qu'il a provoquée et rendue si piquante par les formes oratoires et les expressions *de bon goût et d'une urbanité singulière*, dont il l'a enrichie.

Je suis bien loin de vouloir recuser ce tribunal, et je somme M. Violle d'y comparaître avec moi.

Je n'essaierai pas de l'imiter dans les mouvemens violens de sa dialectique, ni dans les termes injurieux que lui ont dictés la colère et la vanité blessée, plutôt que le bon sens, parce que, d'abord, il est *inimitable*, et qu'en outre, mon vocabulaire est très-pauvre de pensées amères et de mots grossiers si familiers à M. Violle.

Que répondrai-je, en effet, à ces expressions remarquables, de *boue*, *ordure*, *fange*, *souillure*, *impudens mensonges*, *impertinence*, etc., expressions sur lesquelles M. Violle a peu réfléchi, parce que la force de l'habitude l'emporte toujours sur la réflexion.

Si j'étais un écolier, comme le dit *cet ancien avocat*, avec un ton aussi hautain que ridicule (car il paraît considérer comme des écoliers tous ceux qui osent le contredire), j'userais de récrimination, et s'il faut en croire le public, j'aurais la partie belle.

Je pensais qu'il n'y avait qu'un seul moyen d'obtenir réparation de semblables injures ; j'ai voulu le mettre en pratique, mais tout le monde sait maintenant que M. Violle est trop prudent pour essayer de ce genre de polémique.

Que répondrai-je encore aux imputations *de diffamation*,

de calomnie, *de rêveur de* 93, et à tant d'autres gentillesses de la même force ?

Irai-je, pour faire des rapprochemens et découvrir des termes de comparaison, fouiller dans mon *de viris illustribus*? mais dans ce livre je n'y trouve que des modèles de civisme, de courage et de probité sévère.

Irai-je, déroulant la vie politique et privée de M. Violle, faire rire et gémir le lecteur, par le récit de quelque action humiliante, et des nombreuses variations qu'il a fait subir à ses rôles politiques ?

Irai-je, enfin, lire et mettre au jour les annales du barreau, et répéter, *animo noscendi*, une foule de circonstances et de faits honteux qui résultent de mémoires publiés, de jugemens et d'arrêts rendus ?

Non, chacun restera ce qu'il est. M. Violle, en fait d'injures, de diffamations et de calomnies, je vous abandonne la partie ; vous êtes un athlète trop expérimenté sur cette matière pour que j'ose entrer en lice avec vous.

Je viens seulement reconnaître et soutenir que dans ma réplique à votre écrit anonyme, il peut y avoir quelques vérités et quelques plaisanteries choquantes pour un homme de votre importance ; mais qu'il n'y a ni mensonges, ni diffamations, ni calomnies.

Discutons donc, non comme vous, après avoir épuisé toutes les expressions grossières et dégoûtantes qu'on entend par fois dans les halles, et qui retombent plutôt sur celui qui ose les proférer, que sur celui auquel elles sont adressées ; mais avec le calme d'une conscience sans reproche et le langage de la vérité.

Vous m'accusez de vous avoir diffamé et calomnié, en vous classant parmi les hommes dont j'ai cherché à esquisser le caractère politique dans les diverses périodes de la république, de l'empire et de la restauration. Vous voudriez nous faire croire que vous avez pris ces tableaux pour vous ; non, Monsieur, personne n'a été votre dupe : vous avez placé la défense du côté où il n'y avait pas d'attaque, et où vous avez apperçu une trouée pour échapper.

Vous n'avez pas ignoré que M. Delzons avait attribué

votre écrit anonyme *à trois fortes têtes*, et vous n'avez pu vous dissimuler que l'expression *peut-être* ne se rapportait qu'à des portraits généraux et non à vous ; le bon sens public l'a remarqué, et a déjà dit avec moi qu'il n'y avait pour vous ni injures, ni outrage, ni diffamation, ni calomnie. Reconnaissez donc que si quelqu'un doit rougir de son emportement et de son esprit de parti, c'est vous, qui avez pris un faux prétexte pour faire des rapprochemens absurdes et insensés, et porter des accusations injustes et criminelles.

Quand j'ai voulu vous désigner, je l'ai fait d'une manière positive ; je n'ai pas dit *peut-être*, j'ai ajouté *je le crois.* Et pour que vous pussiez mieux vous reconnaître, j'ai fait le portrait d'un homme politique qui change trois fois dans trois mois, et qui, nous accusant de suivre une mauvaise route, a la hardiesse prétentieuse de vouloir nous en indiquer une meilleure. Vous avez passé légèrement sur ce tableau, cependant il était bien fidèle ; tout le monde vous a deviné, vous seul avez fait semblant de ne pas vous y reconnaître.

J'ai voulu vous peindre non comme un homme léger, car vous faites tout par calcul ; mais comme un homme sans probité politique, qui doit s'abstenir de donner des leçons aux autres.

Et voilà pourquoi on n'est pas diffamateur pour avoir dit que vous vous recommandez à tant de partis.

Appelez cela de la démagogie, si vous voulez ; dites que c'est une calomnie, si vous l'osez ; cela n'est pas moins un fait évident qui serait attesté, au besoin, par toute la population de cette ville.

Et maintenant, dites bien haut que vous avez été conséquent à vos principes, vous n'empêcherez pas la voix du peuple de répéter que vos principes sont comme une girouette qui subit les variations du vent.

Vous n'avez jamais, dites-vous dans votre libelle, *aimé le despotisme et l'anarchie ; tout brillant qu'il était sous l'empire, le despotisme avait accablé la France et tué nos libertés.*

Expliquez-moi donc pourquoi vous êtes aujourd'hui si indulgent pour la mise en état de siége de la Capitale, pour le système de la rétroactivité, les tribunaux d'exception et les commissions militaires ? Ah ! convenez-en, vous n'avez pas été devin, car vous eussiez fait un petit *chassé* vers la gauche, si vous aviez cru que la Cour de cassation rendit un arrêt aussi remarquable, par le caractère de justice et d'indépendance qui y a présidé.

Je hais le despotisme plus que vous ; mon âge ne me permit pas d'apprécier celui du règne de Napoléon ; je ne vis alors que la gloire de ses armes ; aujourd'hui j'admire l'homme prodigieux, j'aime en lui sa bonté ; je pleure son infortune. Je le vois toujours sur le trône ou sur le rocher de Sainte-Hélène, formant des vœux pour le bonheur de la patrie ; et malgré votre dépit, M. Violle, je fête encore et fêterai toujours sa renommée populaire.

Oui, comme vous le dites (je ne sais pourquoi), j'ai été élevé dans un lycée impérial aux frais de la ville et de Napoléon ; je ne l'ai pas oublié, et je défie M. Violle de m'en faire rougir. Si j'avais un peu de sa modestie, je pourrais dire seulement que je dus cet avantage à un concours ; mais comme j'ignore si mes réponses faites à-propos donnèrent aux examinateurs une bonne idée de ma petite personne (car je n'avais pas dix ans) je crois plutôt que ce fut une faveur qu'on voulut accorder à mon père, pour quelques services rendus pendant la révolution à l'instruction publique.

Et pendant que j'étudiais *l'histoire grecque et romaine* (1), vous qui connaissez si bien celle de tous les peuples, et qui dans cette circonstance paraissez ignorer néanmoins celle de votre pays, vous gémissiez...... vous gémissiez ! Alors que tout en France était prospère, l'industrie, l'agriculture, l'administration, la puissance, la politique ! Alors qu'un code immortel venait mettre fin aux in-

---

(1) Depuis 1801 jusques en 1808.

térprétations difficiles et incertaines des lois romaines et des coutumes du premier âge !

Alors que la victoire était toujours la compagne fidèle de nos soldats, et que le nom français était prononcé chez tous les peuples avec admiration et respect !

Vous gémissiez, dites-vous ! et que regrettiez-vous donc ? ce n'était pas sans doute la république que vous paraissez tant redouter aujourd'hui. Serait-ce la légitimité que vous avez abandonnée plus tard, ou la quasi-légitimité à laquelle vous ne serez probablement pas plus fidèle ?

Et à propos de l'histoire *grecque* et *latine*, pourriez-vous nous dire dans quelle école célèbre vous avez étudié les langues ? Voudriez-vous nous apprendre à quels grands maîtres nous devons le bonheur de posséder dans nos murs votre précieuse personne ? Serait-il vrai que c'est moyennant 300 f. que vous êtes devenu avocat et publiciste ? Vous conviendrez avec moi que cela n'est pas cher; quand on est taillé comme vous, cela n'est pas étonnant. L'inimitable Béranger en a appris bien davantage, sans qu'il lui en ait rien coûté; au reste, ce que je vous en dis, M. Violle, est moins pour faire ressortir votre mérite, que pour vous faire observer que si vous avez aimé Napoléon comme guerrier, vous aviez encore de plus grandes raisons de l'aimer comme législateur.

Oui, je l'ai dit, et je le répète, *le peuple de juillet avait montré assez de vertus pour être cru digne de vivre sous un régime républicain.* Vous me demandez s'il pensait ainsi dans les journées des 5 et 6 juin. Quelle question !... Dites-moi, M. l'ancien avocat, quand Charles IX fit partir l'arquebuse fatale qui donna le signal de la St-Barthélemy, ou quand Charles X commanda froidement, tout en jouant sa partie de Whist, la fusillade des Parisiens, croyez-vous que le peuple rendit hommage à la justice et à la modération des monarchies ?

Vous me répondrez avec votre dévouement *constitutionnel,* il faut en finir, le tems de l'indulgence est passé, il faut terrasser les partis, exterminer les ennemis du Gouvernement , de quelque couleur qu'ils soient ; voilà votre civisme.

Tous ceux qui comme vous ne suivent pas servilement la direction ministérielle , sont esclaves des sociétés secrètes , ils sont des factieux , des partisans de 93.

Ne devriez-vous pas être un peu plus indulgent pour les sociétés secrètes ? n'avez-vous pas été , avant la révolution de juillet , l'affilié , le correspondant , que sais-je , d'une de ces sociétés ? Vous l'avez abandonnée. Sans doute ; et pourquoi ? parce que , me direz-vous, 'ses principes ne m'ont pas convenu. Mais vous les connaissiez bien auparavant , ils n'ont pas changé ; dites mieux , c'est parce que la place de Conseiller de préfecture est incompatible avec le système d'opposition: C'est probable ; tout le monde rend justice à votre prévoyance ; vous sûtes toujours régler votre conduite sur les circonstances et votre intérêt.

Vous me la reprochez bien , dites-vous , cette petite sinécure , vous y revenez si souvent , que l'on dirait qu'elle vous fait envie ; personne ne sait mieux que vous si je l'ai demandée.

Oh ! pour le coup , M. Violle , vous comptez trop sur vous-même ; me dire *vous mentez,* si c'est dans votre style de convenance , je ne puis l'empêcher ; mais me faire mentir malgré moi , c'est trop fort , je vous en garderai. Dans ce moment de composition , vous avez oublié ma franchise et ma rudesse républicaines ; vous avez cru que terrorifié par votre éclatante audace , je me tairais ; non , Monsieur , je parlerai , ne fut-ce que pour rendre hommage à la vérité.

Personne ne doute moins que moi du contraire de ce que vous avancez au sujet de la place de M. Laborie. La lettre que j'ai reçue à Paris , et dont vous parlez dans votre libelle , me priait de m'informer si la loi n'interdisait pas au neveu et au beau-frère d'un Préfet de faire partie de son conseil ; je pris au ministère des informations à cet égard ; je n'étais pas seul : on nous répondit que la loi était muette , mais que les convenances commandaient quelques réserves à M. le Préfet. J'ai transmis cette réponse , en observant que si on voulait la place , il fallait la faire demander par M. Guitard ; je ne pouvais le faire moi-même, je n'avais pas qualité pour cela : voilà la vérité.

Maintenant, vous ne la vouliez pas cette place, dites-vous ; pourquoi l'avez-vous donc demandée ? Vous ne l'avez pas demandée ! et pourquoi l'avez-vous acceptée, si vous aviez tant de répugnance à remplacer un confrère destitué ?

Pourquoi, surtout, est-ce vous qui la possédez cette chétive place, vous qui, à l'époque de la nomination de M. Laborie, trouviez que ce cumul compromettait l'indépendance d'un avocat plaidant ?

Si, comme vous osez le dire, cet emploi m'eut fait envie, ne pouvais-je pas le demander et l'obtenir aussitôt que vous ? n'étais-je pas en bonne passe pour cela ?

Personne mieux que moi, continuez-vous, ne sait que cette modeste place ne vous procure aucun avantage pécuniaire, puisqu'elle vous oblige à délaisser les audiences de police correctionnelle, où certes vous êtes assez employé pour trouver dans les honoraires les plus modérés, l'équivalent du traitement de Conseiller de préfecture.

Je ferai observer, d'abord, que M. Violle ne néglige pas *toutes les affaires de police* ; car on n'ignore pas qu'il était l'avocat de la Régie dans les poursuites de cette administration contre MM. Larguèze, Delzangles, etc., etc. ; mais mettons cette affaire à part, et comptons :

Il y a cinquante-deux semaines dans l'année, et une audience par semaine pour les affaires de police correctionnelle.

Je suppose que M. Violle ait pour lui seul la moitié des affaires, il n'aurait jamais que vingt-six plaidoiries, qui, à 15 f. chacune, lui donneraient 390 f. ; il y a encore loin pour arriver à 1,200 f.

Non, ce n'est pas vous qui avez éprouvé un préjudice, M. Violle ; c'est le public qui a été privé de votre éloquence correctionnelle, de ces scènes scandaleuses qui purent être piquantes pour vos ennemis ; mais qui affligèrent toujours ceux qui vous portaient quelque intérêt.

J'ai de l'ambition, dites-vous ; oui, j'en ai. J'ai celle de mériter l'estime et la bienveillance de mes concitoyens ;

non de tous , car il y en a qui ne les accordent qu'au prix de l'indépendance et de l'honneur ; mais celle des personnes qui rendent justice aux intentions et aux actes d'un honnête homme , même quand il se trompe.

J'ai encore l'ambition de léguer à ma famille une réputation honorable et un nom sans tache.

Et la vôtre , M. Violle , est-elle de ce genre , et surtout l'avez-vous satisfaite entièrement ?

On dit que non , quoique vous ayez été nommé capitaine des grenadiers , et que vous ayez conservé ce grade , malgré les quatre cinquièmes de votre compagnie , et la protestation qui fût déposée sur le bureau.

J'ai voulu des places , ajoutez-vous ; j'avais été à Paris pour cela. Interrogez les personnes qui y étaient avec moi , qui m'ont entendu et vu faire ; si elles vous l'assurent , répétez-le , ne craignez pas que je me serve pour vous répondre de ces expressions qui sont si communes dans votre bouche , et qui pourraient si bien s'appliquer à votre personne ; je sais trop que vous êtes cuirassé contre ce genre de vérités.

Enfin , peu-à-peu nous arrivons à la république. Oh ! comme vous l'avez en horreur , Monsieur , cette pauvre proscrite. Vous ne la voyez que dans 93. Mais dites-moi , vous qui lui reprochez avec quelque raison ses excès et ses crimes , vous qui vous connaissez si bien en fait d'histoire , croyez-vous que les massacres de la Saint-Barthélemy fussent plus excusables que ceux de septembre 1792.

Le nommé Thomas qui se vantait d'avoir tué de sa main quatre-vingts huguenots dans un seul jour ;

Cet autre assassin dont le récit effraya Charles IX , lui-même , ce Coconnas , qui racheta des mains du peuple trente huguenots pour les tuer à petits coups de poignards ; ces brigands de 1572 ne ressemblent-ils pas assez bien aux septembriseurs de 1792 ?

Je ne sache pas cependant , raisonnant d'après vous , que de tels exemples de civisme soient bien capables de faire aimer la monarchie.

Jacques Clément, Ravaillac, Damiens n'avaient-ils pas été régicides avant ceux de 1793 ?

Le parlement de Paris n'avait-il pas commandé d'instruire le procès d'Henri III, avant que la convention mit Louis XVI en jugement ?

Que répondriez-vous à quelqu'un qui vous dirait : je ne veux pas de système monarchique, parce que dans les monarchies les rois font assassiner et mitrailler le peuple. Vous répondriez, avec raison : *exception ne fait pas règle.* Et pourquoi voulez-vous n'apprécier le système républicain que d'après les excès de 93 ?

Vous nous parlez de Montesquieu, mais vous auriez dû nous dire, avec ce célèbre écrivain, qu'il ne faut pas beaucoup de probité pour qu'un Gouvernement monarchique ou despotique se maintienne ; que dans une monarchie, il faut de l'honneur, mais que dans un état populaire, il faut un ressort de plus, c'est là vertu ; qu'on trouve rarement des hommes de bien dans les monarchies ; car pour être homme de bien, il faut avoir l'intention de l'être, et aimer l'Etat moins pour soi que pour lui-même ; que s'il faut de la vertu dans une république, de l'honneur dans une monarchie, il faut de la crainte dans un Gouvernement despotique.

Et voilà pourquoi, même d'après Montesquieu, vous êtes tout pour la monarchie ; le système républicain est trop sévère pour vous ; le Gouvernement despotique vous conviendrait mieux, parce qu'il est plus facile d'inspirer la crainte, de terrorifier ceux qui ne pensent pas comme vous.

Quand on vous parle d'institutions républicaines, *cela vous fait rire* ; vous n'en voulez pas de ces institutions, de ces lois populaires, telles qu'une loi municipale qui affranchisse les localités des liens de la centralisation, une loi départementale qui régénère les conseils d'arrondissement et les conseils généraux dans les sources vives de l'élection, une loi qui organise la responsabilité des Ministres et de leurs agens secondaires, qui supprime les sinécures et abo-

lisse les cumuls , etc. Et toujours furieux de modération , vous nous accusez , nous qui les voulons , d'ou-
trager l'histoire d'hier , de tromper nos concitoyens en
faisant dire au vénérable Lafayette précisément le contraire de ce qu'il a dit. C'est vous qui l'assurez , M. Violle,
vous ancien avocat au barreau , vous qui ne doutez de
rien ! Eh ! bien , lisez la lettre qu'écrivait, le 13 juin 1831 ,
ce vétéran de la liberté , à ses commettans.

« Vous me demandez quel fut ce *Programme de l'Hôtel-
» de-Ville* , souvent cité par moi , contesté par d'autres ,
» et dont il m'appartient de réclamer le complément.

» Après la visite du nouveau Lieutenant-Général , ac-
» compagné des députés , à l'Hôtel-de-Ville, je crus trou-
» ver dans l'autorité et la confiance populaire dont j'étais
» investi, le droit et le devoir d'aller m'expliquer fran-
» chement au nom de ce même peuple , avec le Roi
» projetté.

» Vous savez, lui dis-je , que je suis républicain , et
» que je regarde la constitution des Etats-unis comme
» la plus parfaite qui ait existé. Je pense comme vous ,
» répondit le Duc d'Orléans ; et il est impossible d'avoir
» passé deux ans en Amérique, et de n'être pas de votre
» avis ; mais croyez-vous, dans la situation de la France,
» et d'après l'opinion générale , qu'il nous convienne de
» l'adopter ? Non , lui dis-je , ce qu'il faut aujourd'hui
» au peuple Français , c'est un trône populaire , entouré
» d'institutions républicaines , *tout-à-fait républicaines*...
» C'est bien ainsi que je l'entends , répartit le Prince.
» Cet engagement mutuel qu'on appréciera comme on
» voudra , mais que je m'empressai de publier , acheva
» de rallier autour de nous , et ceux qui ne voulaient
» pas de Monarque , et ceux qui en voulaient un tout
» autre qu'un Bourbon. »

Si M. Violle s'en était tenu à entretenir ses lecteurs
des erreurs et des crimes qui affligèrent l'humanité à
certaines époques, dans les républiques anciennes et mo-
dernes ; même sans nous parler de la gloire et de la

prospérité qu'elles ont fait réjaillir, à d'autres époques, sur les peuples qui ont possédé un pareil Gouvernement, j'eusse respecté sa conviction, si conviction y a ; mais dans sa fougue doctorale, il s'oublie au point de me désigner comme un Gracque déterminé, un républicain de carrefour : il m'accuse d'avoir fait l'éloge ampoulé de la république de 93, et de rêver un Gouvernement de ce genre, c'est-à-dire, le meurtre et le pillage.

M. Violle n'a pas pensé qu'une attaque aussi violente et aussi injuste, serait commentée ; qu'on en rechercherait la cause et qu'on voudrait en connaître le but.

Il n'a pas remarqué que cela ferait revenir sur ses premières réflexions au sujet du *Compte-rendu* par les sept membres du conseil municipal, réflexions qui l'ont amené comme moi devant le bon sens du public.

Vous avez cru, M. Violle, que personne ne devinerait votre secret, vous vous êtes trompé ; je ne suis pas le seul qui le connaisse, et je vais dérouler vos intentions et le but que vous vouliez atteindre.

L'opposition de quelques patriotes vous irrite d'autant, vous et les vôtres, qu'elle est partagée par les dix-neuf vingtièmes de la population. Vous avez voulu d'abord nous en imposer dans vos premières observations anonymes, par une polémique que votre modestie avait jugée impossible à réfuter.

Ensuite vous avez voulu nous attirer avec perfidie dans une discussion publique, afin de nous arracher des aveux imprudens, qui pussent nous compromettre, non seulement auprès du Gouvernement, mais encore auprès de cette population dont vous vous faites le mentor.

Aussi nous avez-vous dépeints d'un côté comme républicains, de l'autre comme carlistes.

Et dans quel moment le fesiez-vous ? *homme débonnaire et charitable !*

Au moment où le Gouvernement semblait voir partout dans le parti de l'opposition, des factieux et des conspirateurs ; au moment où M. le Préfet disait à ses compatriotes : *il faut en finir, le tems de l'indulgence est passé.*

Voilà votre modération.

Etiez-vous alors mon ami, et celui de quelques-uns des signataires du *Compte rendu ?*

Etiez-vous alors, vous, ancien avocat, le collégue de M. Delzons ?

Vous étiez un...... Ah ! si je puisais dans votre vocabulaire quelques-unes de vos expressions de politesse et de convenance, je vous le dirais bien ; mais non......; vous n'étiez qu'un maladroit ; tous ceux qui vous connaissent vous ont deviné.

Je vous ai répondu avec d'autant plus de sévérité, que j'étais en légitime défense ; j'ai allumé davantage votre courroux ; et de suite, vous armant d'une plume pleine de fiel et de venin, vous avez voulu porter le grand coup. Vous avez dit : il faut en finir ; signalons ce patriote au pouvoir et à ses concitoyens comme un factieux, comme un homme qui ne rêve que 93...... Par ce moyen je le place dans la catégorie des *suspects* ; je lui enlève l'estime et l'amitié des gens de son parti, et l'isolant ainsi, que sait-on........ ? on instruit à Paris......... !

Dites-moi, M. Violle, vous qui êtes un ancien avocat, et qui vous faites si savant, vous rappellez-vous bien l'histoire de la révolution française ?

Avez-vous oublié comment on s'y prenait quand on voulait perdre un honnête homme, dont on redoutait le langage et la franchise ?

La Montagne disait : c'est un modéré, c'est un homme de Coblentz, c'est un royaliste. Plus tard, les modérés à leur tour disaient : c'est encore un montagnard, c'est un ennemi de la république. C'était ainsi que tour-à-tour les partis s'entr'égorgeaient.

Et sans l'arrêt de la Cour de cassation, car tout ce qui dépend du jugement des hommes est incertain, peut-être quelques têtes innocentes qu'épargnèrent le canon et la mitraille de Charles X, seraient tombées sous le

fer du bourreau, ou sous le plomb meurtrier d'un sol-
dat français....

Et dans de telles circonstances, vous m'avez accusé
bénignement de rêver 93 !

Vous, M. Violle, vous pourriez avoir des chances
de gagner quelque chose à ce régime ; mais moi, je ne
pourrais qu'y perdre. Croyez-vous, Monsieur, que quand
on est père de six enfans, dont la plupart sont encore
en bas âge, et qu'on possède une honnête fortune qui
peut s'accroître par l'exercice d'une profession honorable,
croyez-vous qu'on puisse rêver le désordre et l'anarchie,
le meurtre et le pillage ?

On peut bien sacrifier tout cela pour venger son honneur outragé, sentiment dont on sait que vous n'êtes
guères susceptible ; mais rêver 93 !....

Ah ! Monsieur, si vous avez voulu porter un grand
coup, vous vous êtes bien trompé ; à la vérité, je ne
puis en rire, mais votre accusation excite plutôt ma pitié
que mon indignation.

Qu'ai-je dit dans ma réponse à l'anonyme qui ait pu
mériter une imputation aussi odieuse et aussi grave ? il
suffit que je le répète, pour faire voir votre injustice et
votre perfidie. Je m'exprimais ainsi :

« Quant à moi, je n'ai parlé de république que pour
» la venger des outrages que lui prodiguent certains
» hommes qui ne savent voir de Gouvernement possible
» et convenable à la civilisation, que celui qui est en-
» touré de courtisans, et qui récompense les flatteries
» et les basses complaisances.

» J'ai salué avec joie, comme tant d'autres, l'avéne-
» ment de Philippe au trône, et ce que je veux, ce
» que je désire, c'est qu'il ouvre les yeux, c'est qu'il
» s'aperçoive, et il en est tems, qu'on le trompe, qu'on
» lui cache la misère publique et la véritable opinion de
» la France. »

Oui, je l'ai fêtée la royauté de juillet. Mais me dites-
vous, *chacun se rappelle l'enthousiasme dont vous étiez saisi*

(14)

à votre retour de la Capitale. Affirmeriez-vous que mon enthousiasme était pour l'homme ?

Non, Monsieur, je n'eus d'autre enthousiasme que pour la révolution de juillet et pour la liberté ; et si la vue d'une famille royale, intéressante par la physionomie, les grâces et le nombre, fêtée par l'ivresse des Parisiens, fit naître en moi un sentiment de sensibilité, croyez-vous que le souvenir de ma famille y fut étranger ? voilà mon enthousiasme dans ce moment ; en avez-vous éprouvé quelquefois de pareil ?

Oui, je l'ai vu ce Roi-citoyen, et déjà les idées d'institutions républicaines avaient germé dans ma tête : je n'ai jamais cherché de *faux-fuyant* pour répondre à personne ; le lâche fuit, Monsieur, et l'honnête homme répond.

Demandez à mes camarades de voyage, si mon langage à ce Roi, était entièrement le leur ; si surtout il ressemblait à celui que vous me faites tenir ? demandez-leur si à Paris, comme à mon retour, je n'ai pas continuellement professé des opinions opposées au système de quasi-légitimité ; demandez-le aussi à quelques-uns de vos amis.

Vous me direz alors si j'ai changé, et si j'ai fait le voyage de Paris pour avoir des faveurs, et des avantages que je n'ai pas obtenus.

J'eus peut-être le tort de m'occuper de quelques personnes parmi lesquelles je n'ai trouvé plus tard que des ennemis ; mais pour moi, je les défie de me citer un fait, une parole, qui fasse présumer la moindre prétention à aucune place.

J'éprouvai plutôt une antipathie pour les fonctions publiques, quand je vis une foule d'ambitieux et d'intrigans courir sus, comme des bêtes fauves sur leur proie.

Et à mon retour, interrogez M. le Préfet sur la réponse que je lui fis, quand il eut la bonté de me demander s'il y avait quelque place qui pût me faire plaisir.

Et quand il vous aura répété ma réponse, vous nous direz, la main sur la conscience, quel est le calomniateur, de vous ou de moi !

Mais ce n'est pas assez de vous en prendre à moi seul, il faut encore que dans votre aveugle colère, vous attaquiez mes amis que vous n'avez pas osé nommer.

Connaissez-vous bien l'homme auquel vous semblez faire allusion, en citant la fable du *renard et des raisins* ? Savez-vous que le seul reproche que lui font ses amis, c'est de ne pas avoir assez d'ambition ?

S'ils ont demandé pour lui une place à laquelle il avait autant de droits que personne, il n'avait pas provoqué leurs démarches ; il n'y eût jamais pensé sans eux ; et qui pourrait au surplus lui en faire un crime, à lui dont la carrière militaire fut si honorable, à celui qui commandant l'artillerie d'une division à la bataille de Vaterloo, fut peut-être le seul officier de l'armée qui ramena sa batterie entière ? Peut-on accuser d'ambition celui qui aima mieux donner sa démission, que de servir sous la branche aînée des Bourbons ? et s'il eut voulu participer aux miettes du budget, ne pouvait-il pas accepter l'emploi qu'on lui offrait, et dont les appointemens approchaient de 3,000 f. ? Et ce sont-là les hommes que vous appelez les séides du pouvoir ! ! !

Les séides du pouvoir sont ceux qui sont fiers et menaçans quand il est fort, et qui se jettent de côté et l'abandonnent quand le vent annonce l'orage, et qu'il est forcé de courber la tête.

M. Violle n'est pas plus tolérant pour la république des lettres, que pour la république des peuples.

Dans l'une, c'est Achille furieux, sortant de sa tente, et poursuivant les Troyens jusques dans leurs foyers domestiques.

Dans l'autre, c'est Apollon en courroux, puisant dans son carquois des traits empoisonnés.

Il me demande comment je sais qu'il a fait un vau-
deville !

Mais est-il quelqu'un qui ait fréquenté M. Violle, sans
avoir appris par sa bouche le sujet de toutes les œuvres
de génie, sorties de son cerveau ? mais c'est vous,
M. Violle, qui m'avez révélé ce secret ! Oh ! ce n'est
pas vous qui m'avez dévoilé le sort malheureux de cette
petite pièce ; Oh ! non, ce n'est pas vous : c'est une
méchante chronique qui m'a dit qu'un rival plus habile
et plus heureux avait mérité la couronne. Il me restait
à apprendre par votre modeste écrit, que votre ouvrage
avait quelque chose du mérite de *l'ami des lois.*

Insensé que vous êtes, dites-vous, *les faits, les circonstances même qui ont tourné à votre honte, à votre confusion, dans votre délire vous vous en saisissez comme d'un
trophée.*

Il me suffirait pour répondre à cette phrase remarquable par la vérité du tableau, si M. Violle voulait la prendre pour lui à qui elle s'adapte si bien, de le prier de re-
lire *le Compte rendu* par la députation de la garde nationale d'Aurillac, et de lui rappeler la manière flatteuse
dont nos concitoyens nous ont accueillis à notre retour;
mais il m'accuserait encore de prendre un *faux-fuyant*,
et je suis d'ailleurs bien aise de dire ce que je pense,
à ce sujet, et de lui et des siens.

Ne croyez pas, M. Violle, que pour ma part, je
jette le blâme sur quelques jeunes gens et quelques ou-
vriers qui ont agi, les uns avec légéreté et sans discer-
nement; les autres, poussés par quelque vain espoir dont
on les entretenait; ni sur quelques autres personnes,
qui se sont laissées emporter trop loin, par je ne sais
quel zèle, et qui n'ont peut-être d'autre tort que celui
de subir votre influence.

Non, dans cette circonstance, s'il y a de la honte et
de la confusion pour quelqu'un, c'est pour ces hommes
qui voulant plaire au pouvoir et satisfaire leur vanité,
ont usé de tous les moyens de séduction, même d'ar-

gent, pour tenter et entraîner des oisifs et des malheureux dans des démarches, dont eux seuls devaient retirer le plaisir et le profit.

Vous avez encore gémi, dites-vous, car vous êtes si sensible, de nous voir saluer par les cris : *à bas les républicains*, *les carlistes*, *les 93*, *les bonnets rouges*, *la calotte*, etc. ; vous avez gémi !......, et votre plume ne connaît pas d'autres épithètes à l'égard de vos camarades ! et tout ce qui n'est pas de votre camarilla, tout ce qui n'est pas de votre phalange, servilement ministérielle, est factieux de près ou de loin, directement ou indirectement, sciemment ou non sciemment, ce ne sont plus des opposans, ce sont des conjurés ; votre libelle le prouve à chaque page.

Et pour donner plus de consistance à vos infernales machinations, vous faites fraterniser ce que vous appelez la démagogie la plus prononcée avec la légitimité, combattant ensemble sous deux bannières différentes, qui se rapprochent, qui s'entrelacent, parce qu'elles ont le même but !

Quoique le ridicule de cette accusation qui veut que M. Delzons et moi, nous formions dans le Cantal la Vendée unie à la faction des 5 et 6 juin, dut me dispenser d'y répondre, cependant je dirai à M. Violle, que quelles que soient les circonstances. où je sois placé, rien ne m'empêchera de rendre justice au mérite personnel et aux qualités privées de mon collègue au conseil municipal : nos opinions politiques n'ont jamais été les mêmes ; M. Delzons avoue avec franchise qu'il est légitimiste, et moi je déclare de bonne foi que je ne suis pas quasi-légitimiste, encore moins légitimiste. Je ne reconnais d'autre légitimité que celle de la souveraineté nationale.

Maintenant que chacun proclame son patriotisme ; que les uns vantent leur amour dans la prospérité, et leur fidélité dans le malheur ;

Que les autres viennent publier sur les toits leur mo-

dération et leur dévouement aux principes de la révolution de juillet ;

Personne ne s'y méprend et ne doit s'y méprendre :
Ceux-là veulent Henri V avec toute sa suite , et font
des vœux pour son retour , *quand même* !

Ceux-ci veulent le *statu quo* , à leur profit ; et tout en
maudissant 93 , ils invoquent journellement les rigueurs
de ce régime , en nous disant , il faut en finir.

Les uns se font illusion ; les autres veulent nous
tromper.

Et moi qui n'ai jamais craint que d'avoir tort , et qui
ne me laisserai pas arrêter par les vaines clameurs , les
déclamations injurieuses , et toutes les convulsions en un
mot , d'un parti que la France poursuit , ce que je désire , ce que je veux , c'est d'obtenir tous les complé-
mens du principe consacré par les Barricades et par
le *Programme de l'Hôtel-de-Ville.*

Je réclame pour tous liberté , ordre public , oubli et
indulgence , union et concorde.

C'est à vous que j'en appelle , mes concitoyens ; vous
qui gémissez peut-être de cette polémique , si fatigante
pour vous et pour moi ; vous , dont le jugement ne sera
pas moins impartial qu'irrévocable ; vous vous rappel-
lerez que M. Violle mettant de côté tout ce que lui
commandaient de réserve , de retenue , de décence et de
modération , le caractère d'avocat , la place de conseiller
de préfecture , et surtout ses antécédens politiques , a
attaqué dans un écrit anonyme , *animo noscendi* , sept
membres du conseil municipal , dont le *Compte rendu*
était inoffensif , et auquel il était étranger ; qu'en échange
de quelques vérités et de quelques plaisanteries , il a
vomi contre M. Delzons et contre moi , les injures les
plus grossières et la calomnie la plus lâche !.....

Vous flétrirez de votre réprobation , et le libelle et
son auteur.

Et vous , M. Violle , comprenez-le bien , ce n'est pas pas de moi qu'on a dit :

« Il s'est rencontré un être dont l'esprit est la mé-
» chanceté , dont le caractère est l'audace , dont le
» langage est l'insulte , et dont l'élément est le scan-
» dale. »

Comprenez-le bien , vous dis-je , et vous rentrerez en vous-même ; vous examinerez dans le secret de votre conscience , votre vie passée.....: elle vous dira d'être plus modeste et plus réservé à l'égard des autres.

Quant à moi , je vous abandonne au mépris qui suit le lâche , et à la honte qui accompagne le véritable ca- lomniateur ! ! !

Ce 19 Juillet 1832.

J.ph **SALARNIER.**

Aurillac, de l'Imprimerie de Picut, Imprimeur-Libraire.

www.ingramcontent.com/pod-product-compliance
Lightning Source LLC
LaVergne TN
LVHW011505170726
843501LV00009B/3621